KB073193

묻은 과거의
나에게 위로를 받다

묻은 과거의
나에게 위로를 받다

김지원 지음

좋은땅

차례

1부 2014~2016

2부 2017~2020

3부 2021~

1부

2014~2016

주인

나는
내 주인에게
섭섭하다

한두 번이지
낯선 곳에
버려 두고
간다

근데
나를 제외하고
다 들고 갔다

짜증이
솟구친다

찾는 시간도
다르다
뭐,

찾아 주니까
고맙다

하지만
여유롭게 가면
나를 버려 두는 일은
없을 텐데……

그런 부분에서
밉다

꽃

겨울 이겨 내고
힘들게 피워 낸 꽃을
꺾어 가도
아무 말도 없네

꽃은 참 너그럽네

형형색색
피워 낸 꽃들을
우리 마음속을
비춰 주네
꽃은 참 따뜻하네

지우개

연필친구는 지우개

연필이 틀리면
언제나
고쳐 주던 참 좋은 친구

하지만
내 단짝이 없어졌네
글씨가 틀려도
지우지 못해
찍찍 긋고 적으니
공책이 참 더럽네

내 단짝 어디 갔는가??

있을 땐 몰랐던 것이
큰 구멍이 되어
나를 힘들게 하네

얼른 돌아와 주게

싫다

너가 싫다
내 마음도 몰라주는 너가 싫다
소리 질러도 관심 없는 너가 싫다
울어도 관심 없는 너가 싫다
모든 게 싫고, 너도 싫다

내가 너에게
모진소리 해도
너는 묵묵부답

나는 너의 그런 태도가 싫다

나 혼자 박수 치면 뭐하나
나 혼자 악 쓰면 뭐하나
나 혼자 떼쓰면 뭐하나
너는 관심도 없는데

너가 싫다
너무 싫다

일탈

고속도로 위
자동차는
단 한 가지 목표에
달려간다

하지만
달려도
끝이 보이지 않는다

거기다가
휴게소 같은 쉬는 곳도 없었어
점점 지쳐 간다

더 이상
내 목표에 관심도
가지 않는 극한상황까지 왔다

그때
아무것도 없던
고속도로 위에

문이 생겼다

그 문 안에는
꽃밭이 널려 있었다
그곳에 홀려

신나게 놀다 나오니
나에게 새로운 힘으로
가득 찼다

끝없는 고속도로에서
지쳐 갈 때쯤
그 문은
또 내 앞에
나타날 것이다

틀

직사각형 틀 안에
옹기종기 살고 있다

아무도
그 틀 밖으로
나가지 않는다

또한
궁금해하지 않는다

하지만
그 틀 안에는
돌연변이가 있다

돌연변이는
틀 밖이 궁금해서
그 틀에서 나가게 된다

틀 밖의 세상은
상상할수도

말로 표현할 수도
없는 곳이다

돌연변이는
틀 밖의 세상에 대하여
이야기했다

하지만
돌아오는 것은
비난이었다

또한,
군중들에 의해
돌연변이는 죽게 된다

그 돌연변이는 죽었지만,
변화된 것은 없다

오늘도 내일도

그 직사각형 틀은

깨지지 않은 채,

살아간다

초콜릿

달콤한 초콜릿은
언제 어디서든
나를 홀리게 한다

그 초콜릿의 맛은
몰래 먹는 야참 같은 것처럼
달콤하고 짜릿하다

그래서
그 초콜릿을
이기지 못할 때가
훨씬 많다

그 초콜릿이
녹은 후의 결과는
대부분 예상할 수 있다

그 이유는
대부분의 결과가
처참하기 때문이다

알면서도
우리들은
그 초콜릿을
포기하지 않는다

하지만
가장 중요한 것은
그 달콤함이
잠시라는 것을
알아야 한다

자연

자연이
손을 내민다

하지만
인간은 그 손을
거절한다

몇년간
인간은
자연을 파괴하며
개발을 계속해 나간다

현재
인간은
후회하고 있다

그래서
인간이
자연에게
사과의 손을 내민다

자연은
망설임 없이
잡아 준다

자연은
인간을
용서하고
포용했다

자연은
그런 존재이다

세상

진실이
세상을
지배했던 시절은
끝이 났다

그래서
아무리 진실을 외쳐도
듣지 않는다

반면,
거짓은
일파만파 퍼져서
사람들을
현혹시키고 있다

언젠가부터
거짓이
세상을 지배하기
시작했다

결국
진실은 거짓으로
거짓은 진실로
믿기 시작했다

참 좋은 세상이다

검은 물감

어린시절
흰 도화지에
그렸던 나의 꿈에
검은 물감이
덮혀서
알 수 없게 됐다

그 검은 물감은
나를 속수무책으로
만들었다

그 검은 물감의 정체는
무엇일까?

그 검은 물감은
어디든지 돌아다니며
다른 사람의 꿈에도
검은 물감 덮는다

그래서
나는
그 검은 물감이
두렵다

언젠간
그 검은 물감이
나를 덮을지 모르니까

할머니

국제 시장에서
할머니들이
길거리에
음식을 풀어 놓고
팔고 있다

할머니들은
손님들이 오면
후딱 한 그릇 만들어
손님에게 준다

근데
어떤 할머니
근심의 표정이다

아직
오후 2시도
안됐는데
벌써 동이 난 것이다

주변 돌아보니
다른 할머니들은
한창이다

할머니는
조금 더 챙길 걸 후회해도
소용이 없다

할머니는
그 자리에 앉아
손님들이
지나가는 것을
구경한다

버스

너가 와도
붙잡아 둘 수 없습니다

그저
너가 가는 것을
볼 수밖에 없습니다

이제
너가 필요한데
오지 않습니다

아까는
자주 오더니
지금은
아무런 소식이 없습니다

언제 올지 모르는 너를
이렇게 기다립니다

철새

난 그가 좋아

눈이 오나
비가 오나
기다립니다

하지만
그가 오지 않습니다

기다리다 지쳐
한둘씩 떠납니다

저는
철새가
되기 싫어
이곳을 지키고 있습니다

한번 더
당신의 얼굴을
보고 싶습니다

고양이

너가 죽었다

많은 사람들에게
미움만 받던 너가

내 마음에
미운정이라도 생겼나

마음이 욱씬거린다

횡단보도

매일 가던 길임에도
기대합니다

횡단보도 맞은편
그를 생각하며
기다립니다

어느 날,
그가 떠나는 것을
보았습니다

이제
그를 기다려도
오지 않습니다

충돌

여러가지 이유로
크든 작든 충돌이
일어난다

그 충돌로
승패가 나기도 하고
안 나는 경우도 있다

하지만
분명한 것은
싸웠던 사람들
모두 상처를
받았다는 것이다

고양이

저를
때리지 말아 주세요
저는 그저 그곳을 지나가고 있을 뿐이에요

저를
가만히 두세요
저는 잠깐 쉬었다가 갈거예요

저를
미워하지 말아 주세요
그냥 저를 사랑해 주세요

시간이 되면
떠날거예요

그러니
조금만 기다려 주세요

찬바람

찬바람이
내 얼굴에 스칠 때면
내 양볼은 빨개지고

내 몸을 스칠 때면
내 몸은 움츠러든다

난
그저 이 찬바람이
불지 않으면 하고
바란다

하지만
너는 이곳을 지나고 있을 뿐……

알면서도
나는 너를 이해하지 못한다

소리

아무도 없는 이곳……
각자의 소리만이 가득 채운다

음악 소리
내 발자국 소리
저 멀리 희미하게 들리는
사람 소리

그 소리들은
이곳 중앙에 모여
하모니가 된다

목련

자네, 하얀 달빛에 하얀 목련 봉우리 피어났네
아마 내일 밤쯤에는 목련꽃이 활짝 필 것 같네
그때쯤 이 어두움도 목련으로 인해 없어질 것 같네

내가 죽거든

나를 이곳에 묻어 주시오

봄에 죽거든
바람 불어 꽃눈이 된 그 꽃이
내 마음에 안식처가 될 수 있는 그런 곳에 묻어 주시오

여름에 죽거든
햇빛에 반사된 초록색 그 잎에
내 눈이 부실 그런 곳에 묻어 주시오

가을에 죽거든
귀뚜라미가 구슬프게 울어,
나도 같이 울 수 있는 그런 곳에 묻어 주시오

겨울에 죽거든
하얀 눈이 온 지평선을 덮어,
내 마음이 깨끗이 될 수 있는 그런 곳에 묻어 주시오

나를 그런 곳에 묻어 주시오

간이역

산골 간이역의 정적을
깨우는 매미 우는 소리가 가득하다

하지만
그건 잠시뿐……

그때 깨달았다
간이역 안에는 나만 있다는 것을……

천천히

우리는
목표를 향해
한없이 달린다

그 달림을 멈추고
주변을 둘러보라

푸르른 나무가
하얀 하늘이
높은 산이
인사를 할 것이다

너도 인사하며
천천히 걸어라

고인 물

양동이에
고인 물이 있었다

어느날
양동이가 넘어졌다

그 안에
고인 물이
하수도에
아스팔트에
흙으로
갔다

고인 물은
자신이 있는 곳보다
훨씬 넓은 곳이 있다는
사실에 놀랐다

안개

짙은 안개가
땅 아래로
내려올 때쯤……

나는
모든 것을
내려놓는다

그리고
난
한없이
걷고 또 걷는다

칼날

내 마음속
칼날이
더 이상
공격하지 못한다

전에는
쉴 틈 없이
나를
찌르고 또 찔렀다

하지만
세월이 가는 시간 속에서
칼날은 무뎌졌다
지금의 난
그 옛적의 칼날을
그리워하고 있다

가면

자신이 어떻든
자신이 세팅한 가면을
쓴다

또한,
상처받기 싫어
가면을
벗지 않으려고 한다
이 세상은
가면 천국이다

정말로
믿을 사람
아무도 없다

상처

새야 새야
너는 뭐가
그리 슬퍼 우느냐

얼마나
울었길래
눈물 자국이 마르지도
않았느냐

나는
너가 안쓰러
너를 안아 주었지

그때
너가 말하길

사람이
던진 돌에 맞아
날 수 없다는구나

그런

널

더욱 꽉

끌어안았지

나의

이 최소의 위로가

너의

그 상처에

닿았으면 좋겠구나

원망

나를
원망한다

너가
하나둘씩
늘어나는 상처에도
나는
너를 무시했다

아니
너를
모르는 척했다

너는
내가
많이 미웠을 것이다

하지만
넌

그 어떤 표현도
하지 않았다

그것이
나를
더 원망하게 했다

너는
지금 여기에
없다

원래
없었던 듯이
너의 모든 것이
사라졌다

너에 대한
이 죄책감이
깊은 원망이 되어
오늘도 나를
괴롭힌다

너에 대한
이 죄책감이

잉크

나는
잉크가
밉다

아니
증오한다

적으면
지울 수 없다

지운다 해도
지저분하게
흔적이 남는다

또한,
잉크가
떨어지면
너는
사용할 수 없다

마침
우리가
사랑했다가
이별한 것처럼……

시선

오늘도
어제와
다를 게 없다

어두컴컴하고
온 몸이 뻐근하다

도대체
언제
끝날지……

순간
새소리가
위에서
들린다

위를 보기 위해
고개를 들었다

위에는
밝고 푸르렀다

아……
나는
줄곧 계속
아래만 보고
있었던 거구나

소녀

소녀여
꽃길을 선물한
소녀여
어디로 갔는가

오늘도
변함 없이
너를
기다리네

어느덧
거리에는
꼬까옷 입은
나무가
하나둘씩
늘어났네

아……

저 멀리

소녀가

걸어오네

꽃길을 선물한

소녀가……

이방인

내 발자국 소리가
가득한 이 숲속에
나에게 인사하는
너는 누구인가

장난꾸러기처럼
도망가다가도
조용히
내 옆에 오는
너는 누구인가

오늘도
나를 찾아온
이방인과
동행하며
묻는다

Red Island

어느 곳이든
붉은 색이
퍼져 있다

하늘도
땅도
사람도

오직
그곳만은
새들만의
울음소리로
가득하다

나무

밤이 오면
총 없는 총알만이
날아온다

그 총알이
내 몸에 박혀
썩어 가도
죽지 못했다

그 상처는
훈장도
뭐도 아닌
상처일 뿐이었다

시간이 지나
말라 버린 나는
노을빛에
부스러졌다

비

내 근심
네 근심
주룩주룩
비와 함께
흘려보내고
빗소리나
감상하세

안개

비 따라
내려온
안개
만나러

높이
더 높이
오르세

그 산
꼭대기에서
안개와
하이파이브하고

천천히
내려오세

냄새

비 내린 후의
밖은

말 그대로
자연이다

도시 냄새는
바람에 사라지고

풀 냄새가
물 냄새가
대신
그 자리를
차지한다

문밖

문밖
짙은 어둠은
우주가 되고

그 어둠을 비추는
가로등은
행성이 되고

그곳을
걷고 있는 난
우주인이 된다

시간이 흘러
눈이 익숙해지면
나는 다시 지구로
내려온다

들꽃

사람들이
나를
못 보고 가도 괜찮아요

사람들이
잡초라고
뽑아도 괜찮아요

난 괜찮아요
근데 오늘은
괜찮지 않아요

누군가가
나를 사랑하는 눈빛으로
보고 있거든요

날 힘들게 하지 마세요
그냥 지나가세요

당신이 가고 나면
난 또
그런 시선 받고 싶어서
안달 날 테고

그러면
내가 괜찮다고 했던 게
물거품이 되니까

나 못났죠?

이 소소한 관심이
무섭다고 지레 겁먹으니까

첫사랑

말라 버린
잎과
대조되게

분홍빛을
띤
꽃이
바람에
넘실거린다

꼭
나 여기 있다고
아직 살아 있다고
말하듯
벼랑쪽으로 고개를
내민다

내 반대쪽으로……

나 좀 보라고
손을 내밀면
가시로 콕
찌른다

칫……
오지도 않는 임이
뭘 그리 이쁘냐고 하니
째려본다

그래
내 마음도 모르는 너가
몰라 주면 어때
너 옆에 있는 건 난데

그치??

아이스크림

세대가
바꼈다

전 세대들은
구석탱이로
내몰리거나
사라져 버렸다

후에
우연히
보게 된 날에는
보물을 만나듯
신났다

사서
입에 넣는 순간
실망하는 경우도
종종 있지만

잠깐
시간여행을
할 수 있다는 건
변함이 없다

요즈음 것들은
참말로 맛나지만
잠시
시간여행해 보는 건
어떤지……

금요일

얼음같은
차가운 물에
머리를
감은 후,

컴컴한
이곳이 아닌

날카로운 태양이
선선한 바람이
옅은 검은색 그늘이
하얀색 나비가
내 머리에 앉는
그곳으로
가는 오늘이
좋다

사라진 아이들

비가
오고 나면
짙은 안개가
덮을 때면

아이가
사라진다

사람들은
육식동물에
살아남기 위한
초식동물처럼
모여 지낸다

결국
사람들은
약하게 피어나는
불빛조차
꺼 버렸다

그 아이들은

영원히

이곳으로

돌아올 수 없을 것이다

파란

모든 곳이
파랗다

파란 세상 속
누군가의 울음소리가
들린다

보이지 않는 곳에
숨은 누군가의
간절함

그 간절함의
차가운
푸른 눈물을
종이컵에 담는다

조화

따가운 햇살이
미지근한 바람이
메아리같은 매미가
조화를 이루고

그곳에
서 있는 난
부조화를 이룬다

깨질 듯한 두통이
올 때면
이곳에
동화되는 것이 아닌가
하며 기대하지만

여전히
난
부조화일 뿐이다

조각

하늘이
조각났음을

그 사이로
시간이
낭비되고 있음을

아무도 모른다

저 조각난 하늘
을 보라

저 깨진 하늘을……

새벽

모든 사물이
생물이
그리고 공기마저
느려지는 시간

그 공기를
가르고
빠르게
걸어가는 나

잠시
걸음을 멈춰
느림에 동화되어

정적 속에
잔잔히 울리는
밤소리 감상
하다가

다시
빠르게
걸어간다

그렇게
아침이
찾아온다

천천히……

역행

무리들 속에
섞여
앞으로
걸어간다

문득
이 무리를
벗어나고 싶음
을 느낀다

무리를
벗어나기 위해
뒤로
역행한다

역행 끝자락에
뒤돌아본
무리를

빈약한 군대
앞을 알 수 없는……

태풍

붉은 하늘
몇몇 사람의 피일까??

피가 굳어
짙은 남색으로
바뀐다

언뜻 보기에는
검은색일 만큼……

그 남색이
옅어질 때까지
눈물을
흘린다

거기다
자신의 한을
바람과 함께
흘려보낸다

그런

너에게

난

주황색을

보낸다……

죽음

살아 있는 나무에
죽은 나뭇가지가
걸려 있습니다

그것이
언뜻 보기에
살아 있는 것처럼
보이는 저와
닮았습니다

죽은 줄 모르는
정확히는
죽음의 단어의 부재로
인한
깨닫지 못한
텅 빈 껍데기……

누군가
알려주면 좋겠습니다

죽음에 대하여……

연

누군가에게 이끌리듯
사막에 들어왔습니다

왜?
무엇 때문에?

태양이 가르쳐 주듯
하늘 위에는
연 하나가
날고 있었습니다

거기에
홀려
연이 되었지만,

저는
연이 아니기에
떨어졌습니다

떨어진
사막 위에
누구도 없는
황량함만이
나를 반기듯

나는
연을 기억하며

그곳을
벗어납니다

해방

사계절이 지나
해방을 맞이했다

이곳이 변한 게 없다고 한들
나는 괜찮다

어느 날보다
물이 달고
음식이 다니
나는 괜찮다

즐
기
라
해방된 현재를……

눈

한정적인 시간이지만,
어디에도
얽매이지 않겠소

바람에 따라
이곳저곳으로
다니겠소

거기에서
만나는 인연을
기억하며
나는 사라지겠소

당신도
나를 잊지 마소서

기억 저편에
살아 있을 수 있도록……

2부

2017~2020

봄

차가운 대지를
비로 녹여
공기를 서늘하게
만들면

아……
이제 겨울이
먼 여행을 가는구나
싶고

따뜻한 햇살이
대지를 깨워
꽃들이 기지개를
하게 하니

아……
이제 겨울이
먼 여행을 갔구나
싶다

cherry blossom

푸른 하늘에
분홍색을
한 땀 한 땀
수를
박는다

눈 속을
분홍빛으로
가득 채운다

얼마나
아름다운지……

어느덧
분홍색은
바다 위로
길 위로
어디든지
떨어진다

온 세상이
분홍색으로
물들었다

그 또한
얼마나
아름다운지……

페달

흙길로 나아가자

녹색과
대조되는
텁텁하고
빛나는
흙길을……

뜨뜻미지근한
공기가
나를 감싸며
환영해 줄 것이다

페달을 힘차게 밟자
흔들거려도 나아가자
흙길로 나아가자

밤길

아스팔트
주황빛
따
라
걷는 길

들리지 않는
밤길

어둠은
소리를 삼키며
짙게 번져 간다

우리는
빛 속으로
숨는다

가제 : 땅

그 누구도
모른다

변함이 없는 땅에
울부짖음을

닿지 못한 채
저 하늘에
흩뿌려짐을

그 누구도
땅에서 옴을
모른다

까마귀

새야 새야
멸시와 조롱을 받은 새야

저 멀리
무엇이 있기에
발돋움을 하느냐

곧은 너의 모습이
나를 부끄럽게 하는구나

나도
너와 같았으면……

새야 새야
저 태양을 보는 새야

구름

바람에
몸을 맡겨
넘실넘실
춤을 추네
그 춤이 얼마나 멋들어진지

모두가
춤판을 펼치는구나

책거리

날이 저무니
어디든지 잔치구나

풍악이 울리고
웃음소리가 들리고

거기다
하늘까지 도우니

오늘이
태평성대구나

노인과 바다

한 노인이
바다를 쳐다본다

한때
자신의 생계수단이자
자신의 청춘을
떠올리며

저 낡아빠진
배 한 척과
바다를
가른다

그때의
찬란하고 쓸쓸한
그 시절을……

붉음

붉은 태양을 머금은
하늘아

더 넓게 뱉어라

그 뱉은 붉음은
더 푸르게
빛나리니

그 모습에
놀람과 탄성을
지를 것이라

열차

열차가
푸른 초원을
달린다

그 푸른 초원에
끝은
어디이며
다름은
어디까지인지
모름에도

열차는
끝없이 달린다

푸른 초원의 끝을
향하여……

충전소행

님을 놓쳐 버린 탓에
이렇게 한없이 기다리나 보다

충전소행 4대가 지나가면
내 마음도 빼앗듯 지쳐서는
목만 빼고 기다린다

저 멀리
님이 온다

놓치지 않으리……
이번에는 꽉 붙잡으리……

그렇게 몸을 싣는다

은하철도 999

기차가 어둠을 헤치고
은하수를 건너면
우주정거장에 햇빛이 쏟아지네

5주 만에 볼 그를 찾으러
이 우주를 헤치며 가네

다음 정거장
또 다음 정거장
별빛은 더욱 더 진해지네

이 별빛이
흐려질 무렵
그를 만나겠지

기차가 어둠을 헤치고
은하수를 건너면
그의 정거장에 도착하겠지

반딧불이

유일한 나의 안식처여
유일한 나의 안내자여
떠나지 마오

내 모든 것을 바쳐
그대를 붙잡겠소

이 깊은 터널을
비추어 주오

빨간 불빛

공간에 벗어나 다른 공간으로 간다. 가는 길이 너무 멀었는지 머리가 백발이 되어 버렸다. 이번에 간 공간은 빨간 불빛이 수놓아 있었다. 너무도 아름다웠지만, 한편의 쓸쓸함이 있었다.

땡—

빨간 불빛이 서서히 사라진다. 문득 궁금해진다. 왜 주변은 아직 형형색색의 불빛이 있음에도 나의 공간만이 사라지고 있는지……

이 불빛이 완전히 사라지기 전에 몸을 일으켜, 또 다른 공간으로 이동한다. 부디 멀지 않기를……

캐치볼

저 위로 공이 올라
하늘을 가리고 내 눈을 채운다
그리고 눈부신 빛을 만드며,
공이 떨어진다
그 떨어지는 공은 글러브에
'퍽' 하고 안착한다
그 글러브에는 찬바람과 붉은 온기를
머금은 미지근함으로 가득 찬다

알 수 없는

눈을 떠 어둠을 직면한다
몸으로 시간의 멈춤을 느낀다

알 수 없는 공포……

그저 몸의 움직임과 옆의 숨소리만이
일시적인 안정감을 준다
그저 마음으로 부르짖는다
얼른 붉은빛이 어둠을 이기길……
그래서 이 공포에서 벗어나길……

프레임

한 프레임이 보인다
황량과 차가움 속에
따뜻함이 있다

그 따뜻함은
태양과는 다른
그들이 뿜어내는 것이다

어떠한 것이 그들을
울리게 했을까??

또 다른 프레임이 보인다.
태양이 대지를 덮는다

마침 겨울과 싸울 듯……
그 붉은 전사의 강렬함을 잊을 수 없다

마지막 프레임이 보인다
겨울 차가움을 비추는 강과
겨울 따뜻함을 먹은 인간들이
깨어난다

나도 깨어나야지
저 프레임을 깨고 겨울을 맞이해야지

제자리

모두가
자기 자리로
돌아가듯……

눈부신 해가
눈을 덮는다

나도
돌아가야지

눈을 덮은 해와 같이
돌아가야지

공명

군중의 웅성웅성이
큰 파도를 만든다

작은 너는
큰 파도에 덮여
공명이 되고 만다

너의 공명은
어디로 가는가??

글

오랜 기다림

어떤 이는
“글 쓰는 거다. 얼른 가자.”
라고 버럭하기도

어떤 이는
“굉장히 신기하지??”
라고 웃어 주기도

그들의 목소리에
무거운 발걸음을 돌리기도
궁금증이 생기기도

그 기다림에게
펜을 들어 쓴 종이를
바친다

크르륵— 크르륵—

불국사

푸른 하늘이

쨍한 투명색의 옷을 입히고

선선한 바람이

그 옷을 흩날리는 이곳에서

미래의 나와 손을 잡고

오색 연꽃을 밟으며

온누리를 걸어가리

공원

해가 뉘엿뉘엿 지면

고양이의 하품이
콩벌레의 발걸음이
벌꿀의 날갯짓이
사람들의 이야기보따리가
동년배끼리 하는 배드민턴이
하모니가 되어
구석구석을 메운다

그 하모니를 들으며
부드러운 오렌지빛을 받으며
뜨거운 땅의 열기를 먹으며
나무의 그늘을 벗 삼아
그곳을 걷는다

할아버지

할아버지가 묻는다
"시계가 있으면 몇시인지 말해 줄 수 있습니까??"

"5시 33분"

반문한다.
"네??"

모션과 함께
"5시 33분"

"감사합니다."

탁탁—
등산막대기가
땅을 울리며
할아버지가 멀어진다

비행

창문 밑
새로운 세계가
보인다

바다 위
하얀 구름은
대지가 되고
높은 산이 되고
그곳의 구름이 되어
흘러가기도 한다

거기에는
누가 사는가??

알 수 없는 그들이
우리에게 초대장을
보냈기에
이곳을 비행할 수 있었다

이곳에서

그들에게 감사함을

표현한다

새

하—얀색의 새가
날개를 펼치고
낮게 낮게
밭을 나네

새의 날갯짓이
얼마나 센지

벼가 고개를 숙이네

그러니 너무 낮게
날지는 말게

그들도 이 드높은 하늘을
보아야지 않겠는가

유리

유리가 깨진다

그 유리는 나를 찔러
분노와 공허함을 만든다

그러니 죽음을 당할 것이다
아니, 선택할 것이다

유리를 깬 그들은 멀쩡한가?
아니, 이미 깨진 그들의 유리로
나의 유리를 깬 것은 아닌가?

무엇이 정답인지 모르겠으나, 그들도
인간이다

* 이 글은 한강 『소년이 온다』 중 '선생은, 나와 같은 인간인 선생은 어떤 대답을 나에게 해 줄 수 있습니까?'에서 파생되었다.

버스

작은 틀에
내 몸을 누인다

보잘것없는
흑백의 틀에……

잠시
그 작은 틀에
벗어나
큰 틀로
옮겨 본다

어둠을 모르는 하늘이
푸르스름하게
비추고 있다

나도
비추고 있다

띵동—
이제 내려야겠다

푸르스름한 옷을 입고
그곳에 섞여 봐야겠다

태양

그 두꺼운 문밖은
계절을 무시하듯
눈이 부신 태양이
맞이하고 있음에도……

2중으로 잠가 놓은 문은
열릴 틈이 없었다

태양은
그를 위해
눈물을 흘렸다

두꺼운 문이 열리는 그날이
도래할 때

그 어떤 날보다
찬란하게
그를 안을 것을

약속하며
그 자리에서
기다린다

아파테이아

벚꽃이
흩날린다

두렵지 않은 것처럼
온전히
바람에게 맡긴다

밟혀도 상관없듯이
어디든지 떨어진다

나도 그럴 수 있을까??
그렇게 자유로울 수 있을까??

나도
벚꽃을 벗 삼아
따라 가기로 했다

한 발짝
한 발짝

민들레 홀씨

봄과 여름 사이
눈이 내린다

날카로운 칼날을
가는 햇살에도

후덥지근한 공기를
나르는 공기에도

굴하지 않고
눈이 내린다

그 눈은
쌓이고 쌓여
또 다른 눈을 준비한다

내년을 위한 눈……

그때를 기다리며
눈은 쌓여만 간다

적막

공기가
낮게 깔린 흐린 날

불 꺼진 방에서
잔잔히 나는 영상 소리

나는 이러한 적막함이 좋다

시끄러운 공간에 벗어난
흔치 않게 만나는 이 공간이
좋다

어둠

나의 눈에
어둠이 덮인다

시간이 지나
눈이 익숙해질 때면

난
밝음을 모르게 되겠지

그저 바라길
밝음을 몰라도 되니
내가 가는 이 길이 맞기를
간절히 청한다

사이렌

긴 터널을
터덜터덜
걸어난다

내가
걸어가고 있음을
안 듯
사이렌이
울린다

저 소리에
도망을 쳐
본다

소리가
멀어진다

엥— 엥—

장마

모든 공간이
비로
물든다

낮게 깔린 공기는
파장을 일으킨다

그 파장은
귓속에서
메아리를
만든다

나의 공간이
비로
물들기
시작한다

어둠

대자로
뻗은 몸을
어둠이 짓누른다

냉장고 소리와
차가운 바닥만이
살아 있음을
증명한다

그럼에도
내 몸은
깊은 우주 속으로
빨려들어간다

어둠이
나를
숨 멎게 한다

달리기

서쪽에서 동쪽으로
힘껏 도약하자

그곳에
나의 해가 있으리

이제
동쪽에서 서쪽으로
해와 발 맞춰
걸어가자

그러면
숨어 있던 웃음이
폐를 울리며
널리 퍼지리라
폐를 울리며
널리 퍼 지리라

마중과 이별

길거리에
고구마들이
잉어빵들이
고개를 내밀면

아—
새로운 손님이 오고
있구나 싶다

적당한
찬바람이
햇살이
나를 감싸면

아—
잠시 들린 손님이
갈 준비를
하고 있구나 싶다

대화

태양은
강가에 그림자를
길게 늘어뜨렸다

강은
긴 그림자 위에
다양한 모양의
파동을 만들었다

그들의
무르익은 대화는
하늘을
붉게 만들었다가
서서히 식어 갔다

3부

2021~

적막

소음이
적막에
먹혀 버렸다

뚱뚱해진 적막에
귀를 대면
소음의 울음소리가
들린다

귀를 떼고
적막을 보고 있자니

서서히 먹힌다
그리고
가라앉는다

묻은 과거의
나에게 위로를 받다

초판 1쇄 발행 2021년 4월 16일

지은이 김지원
펴낸이 이기봉
편집 좋은땅 편집팀
펴낸곳 도서출판 좋은땅
주소 서울 마포구 성지길 25 보광빌딩 2층
전화 02)374-8616~7
팩스 02)374-8614
이메일 gworldbook@naver.com
홈페이지 www.g-world.co.kr

ISBN 979-11-6649-631-8 (03810)

• 가격은 뒤표지에 있습니다.